최선은 그런 것이에요
이규리 시집

문학동네시인선 054 이규리

최선은 그런 것이에요

시인의 말

어떤 그림 속의 도마뱀은
그림에서 나와 다시 그림으로 돌아간다
그런데 그냥 돌아가는 것이 아니다
내 시가 시에서 나와
시로 돌아갈 수 있을까마는
그렇게 된다면
나온 곳으로는 돌아가지 않기를 바란다

2014년 봄
이규리

차례

1부

1부

생일

그해 봄은 참혹이라고 씌어 있었다
온 힘을 다해 제 생을 툭, 툭, 떨구던 거북이 주름진 항문
을 천천히 오므릴 때
하나의 사랑이 끝났다
사랑은 주름이 자글자글하다
모르겠다
그냥 헐겁게 끝이 났을 뿐이다
자랑도 수고도 아니라는 듯
천천히 닫아거는 눈꺼풀

결과물이 툭 떨어지는 순간,

모래를 뒤집어썼다

특별한 일

도망가면서 도마뱀은 먼저 꼬리를 자르지요
아무렇지도 않게
몸이 몸을 버리지요

잘려나간 꼬리는 얼마간 움직이면서
몸통이 달아날 수 있도록
포식자의 시선을 유인한다 하네요

최선은 그런 것이에요

외롭다는 말도 아무때나 쓰면 안 되겠어요

그렇다 해서
특별한 일이 일어나지는 않아요

어느 때, 어느 곳이나
꼬리라도 잡고 싶은 사람들 있겠지만
꼬리를 잡고 싶은 건 아니겠지요

와중에도 어딘가 아래쪽에선

제 외로움을 지킨 이들이 있어
아침을 만나는 거라고 봐요

혀

그 공원 들어설 때 의자마다
남과 여가 앉아 있었고
돌아나올 때 그들은 보이지 않았다
의자 위엔
혀가 낙엽처럼 떨어져 있고

떨어진 것들이 공원을 구성하고 있었다

생각보다 우리 떨어뜨리는 게 많지
중요한 건, 다시 주우러 오지 않는다는 거

공원엔 늘 많은 현재들만 술렁여서
놓친 풍선은 돌아오지 않는 걸까

공원은 그다지 공공적이지 않은 듯하고
찾아가지 않은 시간들이 쌓여서 고궁이라 한다면,

펭귄 시각

펭귄의 천적은 바다표범이라는데,

바닷속 사정이 궁금한 펭귄들
서로 물에 먼저 들지 않으려
불룩하게 눈치만 살필 때
한 놈이 슬쩍 다른 놈을 민다
얼떨결에 무방비가 틱 미끄러져든다

그때 내가 그녀를 밀었을까
그녀는 밀렸다 생각했을까
시달리다보면 누굴 밀었다는 착각에 들고
정말 밀었다고 믿기에 이른다

펭귄의 뱃속엔 물결과 물결이
제 안엔 파도치는 밤과 낮이
천적의 천적으로 살아 있는 동안
남극의 빙하는 다 녹을까
그럴까

궁금하다
그때 빠져든 펭귄은 실족이었다 말을 했을까

저, 저, 하는 사이에

그가 커피숍에 들어섰을 때
재킷 뒤에 세탁소 꼬리표가 그대로 달려 있었다
여기까지 오는 동안
왜 아무도 말해주지 못했을까
그런 때가 있는 것이다
애써 준비한 말 대신 튀어나온 엉뚱한 말처럼
저 꼬리표 탯줄인지 모른다
그런 때가 있는 것이다
상견례하는 자리에서
한쪽 인조 속눈썹이 떨어져나간 것도 모르고
한껏 고요히 앉아 있던 일
각기 지닌 삶이 너무 진지해서
그 일 누구도 말해주지 못했을 것이다
저, 저, 하면서도 말하지 못했을 것이다
7년간의 연애를 덮고 한 달 만에 시집간 이모는
그 7년을 어디에 넣어 갔을까
그런 때가 있는 것이다
아니라 아니라 못하고 발목이 빠져드는데도
저, 저, 하면서
아무 말도 아무 말도 할 수 없는 그런 때가
있는 것이다

해마다 꽃무릇

저 꽃 이름이 뭐지?
한참 뒤 또 한번
저 꽃 이름이 뭐지?

물어놓고서 그 대답 듣지 않을 땐 꼭 이름이 궁금했던 건
아닐 것이다

꽃에 홀려서 이름이 멀다
매혹에는 일정량 불운이 있어

당신이 그 앞에서 여러 번 같은 말만 한 것도 다른 건 생
각조차 안 났기 때문일 것이다

아픈 몸이 오면 슬그머니 받쳐주는 성한 쪽이 있어
꽃은 꽃을 이루었을 터인데
이맘때 요절한 그 사람 생각
얼마나 먹먹했을까

당신은 짐짓 활짝 핀 고통을 제 안색에 숨기겠지만
숨이 차서, 어찌할 수 없어서, 일렁이는 마음 감추려 또
괜한 말을 하는 것

저 꽃 이름이 뭐지?

내색

꽃은 그렇게 해마다 오지만
그들이 웃고 있다 말할 수 있을까

어떤 일로 사진을 찍으러 온 사람이 있었는데
자꾸 웃으라 했네
거듭, 웃으라 주문을 했네
울고 싶었네
아니라 아니라는데 내 말을 나만 듣고 있었네

뜰의 능수매화가 2년째 체면 유지하듯 겨우 몇 송이 피었다
너도 마지못해 웃은 거니?

간유리 안의 그림자처럼, 누가 심중을 다 보겠는가마는

아무리 그렇다 해도
'미소 친절' 띠를 두른 관공서 직원처럼
뭐 이렇게까지
미소를 꺼내려 하시는지

여긴 아직 내색에 무심하다
그러니 꽃이여, 그저 네 마음으로 오면 되겠다

몸이 커서 수박,

농익은 비밀도 한 방에 갈 수가 있다

너무 당당해서 처음엔 아무도 의심하지 않지만
두꺼워서 그게 탈이 되는 거지

비밀은 그렇게 하는 게 아니니까
그냥 농담인 듯 슬쩍만 가두는 거니까
틈을 두는 거니까

이렇게 슬픈 열매도 있다
이리저리 굴려도 앞뒤가 없어
언제든지 위치 변경이 가능한 둥근 몸뚱이가
제 위치를 어렵게도 하는 것 말야

희망이라든가 기대 같은 건
머리가 너무 커서 모가지를 기울게 한다

다 보여줘도 더 보여달라 바닥을 긁으니
몸이 커서, 슬퍼서, 혼자 어찌할 수 없어서

수레국화

오늘 이곳엔 한 사람만 빼고 다 왔습니다

마당엔 옛 주인이 피운 꽃들 한창이네요
파란 수레국화를 보셨나요
그는 이제 올 수 없는 사람인지
파란색, 문득 빈자리의 빛깔 같습니다

기억은 참 자주 밟히곤 합니다
멀리 있는 음식을 집을 때 누군가 접시를 가까이 옮겨주
었는데
잠깐, 없는 사람이었습니다
그 빛깔을 없는 곳에서 보았습니다

오늘 이곳엔 한 사람만 있습니다

눈에 밟힌다는 말,
밟는 사람이 더 아픈 이런 장면도 있네요
잡담이나 웃음소리들이 겉도는 저 아래쪽은 축축한 그늘
파란 수레,
그 바퀴에 이미 추운 생이 감겨버린 듯
감겨서 굴러간 듯

오늘 이곳엔 나만 빼고 다 있습니다

그늘의 맛

한 복숭 나무에 어떤 열매는 붉고 어떤 열매는 파랗다

넌 누굴 닮아 그 모양이니?
그때마다 더 파래지곤 했다

어떤 이는 손바닥 하나를 뒤집어 새를 날리고 장미를 꺼
내지만

손바닥을 뒤집지 못하는 사람도 있다

대신 그늘을 먼저 배우는 거랄까
그늘의 맛, 그러니

복숭이 간신히 내놓은 까슬한 뺨을

꾹꾹 눌러 확인하지 마라

여기까지 먼길,
파란 열매는 얼마나 가혹한 자책이겠느냐

결혼식

하얀 드레스 자락이 먼지를 끌고 간다

구두 안에 옹크린 발등이 통통 부었겠다

신부, 먼 나라서 온 신부

먼지보다 더 작게 웃을락 말락

소름 돋은 팔이 가늘고 착잡하다

하얗게 펼쳐놓은 길, 꿈길

슬쩍 당기면 헝클어질 광목 깔개가

문득 실크로드 같다

천년 전 사막을 횡단하던 대상들, 오늘 정장으로 모여 삼
삼오오 술렁이는데

저 행진 끝이 나면

인연은 무엇을 흥정할 것인가

일생이 서로 건네고 받아야 할 교역이라는 듯

지금, 꽉 끼는 구두 참으며 간다

불빛 아래 보송보송한 먼지, 축가 날리는 속으로

인조 속눈썹 깜빡이며 어린 낙타는 간다

나무가 나무를 모르고

공원 안에 있는 살구나무는 밤마다 흠씬 두들겨맞는다
이튿날 가보면 어린 가지들이 이리저리 부러져 있고
아직 익지도 않은 열매가 깨진 채 떨어져 있다
새파란 살구는 매실과 매우 흡사해
으슥한 밤에 나무를 때리는 사람이 많다

모르고 때리는 일이 맞는 이를 더 오래 아프게도 할 것
이다
키 큰 내가 붙어다닐 때 죽자고 싫다던 언니는
그때 이미 두들겨맞은 게 아닐까
키가 그를 말해주는 것도 아닌데, 내가 평생
언니를 때린 건 아닐까

살구나무가 언니처럼 무슨 말을 하진 않았지만
매실나무도 제 딴에 이유를 남기지 않았지만
그냥 존재하는 것으로 한쪽은 아프고 다른 쪽은 미안했
던 것
나중 먼 곳에서 어느 먼 곳에서 만나면
우리 인생처럼

그 나무가 나무를 서로 모르고

초록 물결 사이 드문드문 비치는 보랏빛 오동꽃 보며

라고,
그가 문자 메시지를 보내왔다
상행선 기차, 검진하러 가는 길

미친 복사꽃 지나
오동꽃 문드러지는 한나절 타고
짓이긴 꽃물 구성지게 번진 한판 세월
본떠놓은 간(肝), 울긋불긋한 간(肝)
한 달에 한 번
꽃잎 같은 년, 다녀간 뒷자리 어지러이
그거 판독하러 가는 길
판판이 기죽는 일

내 다 안다
별유천지에 모다 아프다 아프다 하는 것들
저리 붉고 어여쁜 입술들
꽃불에 닿은 자리라는 걸

껍질째 먹는 사과

껍질째 먹을 수 있다는데도
사과 한입 깨물 때
의심과 불안이 먼저 씹힌다

주로 가까이서 그랬다
보이지도 않는 무엇이 묻었다는 건지
명랑한 말에도 자꾸 껍질이 생기고
솔직한 표정에도 독을 발라 읽곤 했다

그건 무슨 문제가 있다는 게 아니라
전례가 그렇다는 거
사과가 생길 때부터 독이 함께 있었다는 얘기

이거 비밀인데,
너한테만 하는 말인데,

목에 탁 걸리는
이런 말의 껍질도 있지만

중심이 밀고 나와 껍질이 되었다면
껍질이 사과를 완성한 셈인데

껍질에 묻어 있는 의심

이미 우리가 먹어온 달콤한 불안
알고 보면 의심도 안심의 한 방편이었을까

뭐, 그냥 간다

트럭 가득 실려가는 가스통을 본다
통은 통끼리 덜그럭대며 부딪기도 하고
커브 돌 때 잠시 소요가 없는 것도 아니나
아랫도리 추스르며 이내 제자리를 잡는다

신혼살림 차렸던 2층 전셋집,
가스통을 드르륵드르륵 굴리며 온 남자가
가스레인지 콕을 딸 때
젊은 내 몸 어디 꼭지를 비트는 듯
불길한 불이 확 댕겨질 듯

청년의 땀내나는 셔츠와 가스통보다
더 큰 불안,
사실 신혼은 너무 새것이어서
모가 반듯해서, 건드리기만 해도
금이 가고
과거가 다 비칠 듯 투명해서

지금 트럭에 실려 덜그럭대며 가는,
녹슬고 긁힌 몸들도
무슨 감정이 없었을까만

어찌해도 가스통은 불안통

그 아슬한 불안들을 앞에 보면서

덜그럭 뭐, 그냥
간다

국지성 호우

어제 본 게 영화였을까
비였을까

애써 받쳐도 한쪽 어깨는 내 어깨가 아니고
한마음도 내 마음이 아니다

꽃잎이 누르스름 바닥에 들러붙는 동안

새들은 꼭 한꺼번에 울어 그 소리 따라가지 못하게 하더니
바쁜 일은 겹으로 와 너를 놓치게 했다

그렇다고 뭐라 말할 수 있을까

누가 일부러 시킨 것처럼
뒷문으로는 부고가 오고
앞문으로는 동생이 집을 나갔는데
엄마는 자신을 어디에 둘지 몰라
주저하다 주저앉았다

강수량도 되지 못하는 비
반성도 아닌 반성문
한낮의 발랄했던 외출이 주검처럼 다 젖어
그렇다고 비 때문이라 말할 수 있을까

헛된 기대는 또다시 너여서
쨍한 날에도 너 닮은 한쪽은 금세 울고 만다

벚꽃이 달아난다

그는 나를 앞에 두고 옆사람과 너무 화사하다
이편 그늘까지 화사하구나
죽방렴 사이를 빠져나가는 한 마리 멸치처럼
빠른 내 그늘을 눈치채지 못한다
나무등치라 여긴 내 중심은 자주 거무스름하다
임산부가 행복하다면 가뜩 낀 기미는 말할 수 없었던
속내일까

덜컹거리며 꽃길 백 리,
어쩌자고 화염길 천 리,

나는 역방향에 앉아서
그가 다 보고 난 풍경을
뒤늦게 훑는다

그 자리 그대로인데
풍경은 왜 놀란 듯 달아나고 있는지

벚꽃은 제가 절정인 줄 모르고
절정은 또한 제 시절을 모르고

달빛했으므로

방 한 칸에 누운 다 큰 여식들 피해 아버지 자주 밖으로
나가셨지
부풀어오른 공기, 펑퍼짐한 근친의 냄새를 피해
아버지 나가셨지

여학교 때 수학선생님
교실만 들어오면 문부터 열어젖히셨지
여자들에겐 도무지 인수분해되지 않는 게 있다고,

열어야 할 문은 제 안에 있어 아버진들 그리고 선생인들
몸이 진저리치듯 하는 반복은 제 뜻이 아닌데

여든 노모도 방에 들어서면 문부터 여신다
미리 자신의 경계를 보아두는 걸까
어머니 잠잠 월경(越境)하시나
달빛하시나

우리는 그곳을 2층이라 부른다

백합나무* 꽃이 2층을 보고 있더라
그걸 2층이 2층에게 전해주고 있더라
그러는 사이 꽃은 허공을 받치고 있더라

꽃등(燈)이라,
왜 높은 곳에 꽃을 매다느냐고 묻는다면
설명할 수 없는 곳을 비추고 싶다 했을 거야
아직은 먼 높이를 받치고 싶다 했을 거야

성품이 같은 사람은 허공에서라도 만나게 하는 건지
1층으로 내려오지 못하는 2층을 위해
2층에서 2층으로 수평이동하는 습성을 위해
나무 또한 자신의 체형을 바꾸었으니

불 켠 지상의 한 칸 옥탑방은 한 송이 꽃등(燈)이더라
종종 섬이더라

백합나무 꽃을 2층이 보고 있더라
눈을 반쯤만 뜨고 보고 있더라
그러는 동안
백합나무는
저 두고 싶은 데를 알게 되더라

* tulip tree라고도 하며 나무 상단에 튤립 모양의 연둣빛을 떤 노란
색 꽃이 핀다. 나무는 키가 큰데 꽃은 위를 향하고 있어 아래서는 좀
처럼 꽃을 보기 어렵다.

당신이라는 모든 매미

새벽 서너시까지 울어대는 매미
삼베 이불이 헐렁해지도록 긁어대는 소리
어쩌라고 우리 어쩌라고

과유불급,

나도 그렇게 집착한 적 있다
노래라고 보낸 게 울음이라 되돌아왔을 때
비참의 소리는 밤이 없었을 것이다

불협도 화음이라지만
의미를 거두면 그저 소음인 것을

이기적인 생은 보고 싶은 것만 보고 듣고 싶은 것만 들
어서
우리 안에는 당신이라는 모든 매미 제각기 운다
어느 것이 네 것인지 종내 알 수도 없게 엉켜서

허공은 또 그렇게 무수히 덥다

2부

커다란 창

창이 큰 집에 살면서 되려 창을 가리게 되었다
누가 이렇게 커다란 창을 냈을까
이건 너무 큰 그리움이야

창이 건물의 꽃이라지만
나는 누추하여 나를 넓히는 대신
창을 줄이기로 한다

간절히 닿고 싶었던 건 어둠이었을까
모순의 창
제 안에 하루에도 여러 번 저를 닫아거는 명암이 있어

어느 날은 그 창으로 꽃을 보았다 말하겠지
어느 날은 그 창으로 비참을 보았다 말하겠지

우리가 보려는 건
보이지 않는 것에 대한 것인데,

왜 창 앞에 자주 저를 세웠을까
돌아보면 거기 누군가의 눈이 있었다고 말해도 될까
누군가는 나를 다 보았겠지만
해부한 개구리처럼 내 속을 다 보았겠지만

창이 왜 낮엔 밖을 보여주고 밤엔 자신을 보게 하는지   ─

그리운 것들은 다 죽었는데
누가 이렇게 커다란 창을 냈을까

때가 되면

천강성이란 별은 길방을 비추기 위해 흉방에 위치한다는
데,

애지중지하던 일
그거 허방이었다는 거
복날 개장수 마이크 소리라는 거

때가 되면 알까
때가 되면 웃을까

초가을 햇살이 이파리를 하나하나 훑으며 하는 말
저 끝으로 가봐
이봐
한 발짝 더 가봐

내 날들은 여직
잘못 찾은 무덤 앞에서 통곡한 것이나
그 무덤 아닌 줄 알면서 엎드린
누추한 반복일 뿐

동쪽을 가리지 않기 위해 서쪽에 가서 앉는

그런 때

정말
그런 때

허공은 가지를

종일 바람 부는 날, 밖을 보면
누가 떠나고 있는 것 같다

바람을 위해 허공은 가지를 빌려주었을까

그 바람, 밖에서 부는데 왜 늘 안이 흔들리는지

종일 바람을 보면
간간히 말 건너 말을 한다

밖으로 나와, 어서 나와
안이 더 위험한 곳이야

하염없이
때때로 덧없이
떠나보내는 일도 익숙한

그것이 바람만의 일일까

나무가 나무를 밀고
바람이 바람을 다 밀고

폭우

저 소리에 어떤 것이 씻겨내려가길 바라면서
저 소리에 어떤 것이 씻겨내려갈까 염려하면서

새벽잠 속에서 오래 빗소리가
불길한 기별이

한 동네가 순식간에 사라지는 걸 보았다
가능과 불가능이 함께 쓸려나간

매운 연애여

걸었던 길이, 밥집이, 나무가
몰라
영화처럼 소설처럼
난 이제 날 몰라

그리하여 한 동네가
느닷없는 속력이

그 시간 거기 나무가 서 있기나 했을까

유리의 집

이승을 이별하고 다음 생을 받을 때까지
그 49일간을 중음(中陰)이라 한다는데
그동안 혼백은 이승도 저승도 아닌 곳을 떠돈다고,

누가 그들에게 그간
머물 곳을 마련하려 했을까
그리하여 투명한 집 하나 걸었던 건 아닐까

유리 엘리베이터를 타면 그곳이 떠올랐어
아득한 공중 유리의 집으로 가는 듯했어

이제 그 집으로 내 어머니 드시고

마흔 아흐렛날 동안
누가 밥상을 차리고 전기장판을 데워놓는지

4층이 9층에게 놀러가는 것처럼
범어동이 공산동으로 이사하는 것처럼
그러하시기를 간절히

49, 49 중얼거리다보니
49는 참 친근한 숫자라는 생각
그곳이 49번지는 아닐까라는 생각까지

아니라면, 우리가
먼 사람을 부를 때 왜 그리 허공을 보게 되는지

많은 물

비가 차창을 뚫어버릴 듯 퍼붓는다
윈도브러시가 바삐 빗물을 밀어낸다
밀어낸 자리를 다시 밀고 오는 울음
저녁때쯤 길이 퉁퉁 불어 있겠다
차 안에 앉아서 비가 따닥따닥 떨어질 때마다
젖고, 아프고,
결국 젖게 하는 사람은
한때 비를 가려주었던 사람이다
삶에 물기를 원했지만 이토록
많은 물은 아니었다
윈도브러시는 물을 흡수하는 게 아니라 밀어내고
있으므로
그 물들은 다시 돌아올 것이다
저렇게 밀려났던 아우성
그리고
아직 건너오지 못한 한사람
이따금 이렇게 퍼붓듯 비 오실 때
남아서 남아서
막무가내가 된다

뒹구는 대갈통

덜컹거리는 버스를 타고 몽골의 초원을 하염없이 가다보면 구르는 발통 앞으로 소나 말이나 양의

대갈통이 굴러오곤 했다 대갈통만 잘려서 길바닥에 떨어져 있곤 했다 이 넓디넓은 초원에도 노략질하는 잔챙이들이 있어

몸통은 가지고 대갈통만 잘라 휙 던져버린 것이다 초등학교 교과서에서 읽은 가축의 순서는 언제나 소, 말, 양, 돼지, 토끼, 닭 순서였는데

정말 소, 말, 양 순서로 대갈통이 굴러오곤 했다 등록금 내지 못한 순자, 영애, 국희 순서로 불려가던 절대빈곤의 날이 있기도 했지만

잘려서도 아직 물기가 마르지 않은 소의 눈은 더 보고 싶은 게 있었을까 어쩌면 소가 먼저 저 살던 초원을 외면했을 것이다 다시

돌아갈 수 없지만 가도 알아볼 수 없으니 혼자 굴러온 대갈통은 미리 제자리를 찾아온 게 아닐까 가는 곳 다르지 않아 우리 앞에 나타난 가련한 두메양귀비꽃은 아닐까

저 푸른 초원

풀밭에서 종일 풀을 뜯고 있자면
소가 풀밭이 되고 싶을 때가 있을 것이다
누워서 하늘을 다 차지하는 근원이 되고 싶기도 할 것이다
풀밭을 뺏으면 더는 할 일이 없을 것처럼
소는 제 그림자까지 쥐어뜯고 있는데

종일 풀을 뜯고 있다고 소의 고민이 줄어드는 건 아닐 것
이다
당신이 내 고민을 뜯어갔어도 소가 지나간 풀밭처럼
어둠의 반경은 넓어졌다

무성한 음모를 밀고 나니 남자가 떠났다는 선배는
자신의 머리를 밀었다
생의 방향을 다른 쪽으로 밀었다
삭발한 머리에서 새순이 나올 때의 촉감은
까칠한 갈등이었다는데
먹옷 안에 자신의 풀밭을 감추어두자면 얼마나 따가웠을까

생이 너무 무료해서
어쩌면 풀밭이 소를 따라왔는지 모른다
벗어야 할 업은 지금 넓디넓어서
전생은 따로 둘 게 없을 것이다

가출

　성대결절로 4주째 목소리가 나오지 않는다 소리는 어디로 갔을까 의사는 언젠간 돌아온다 기다리라지만 집 나간 아이도 나름의 이유는 있을 것이다

　어릴 적 마루 밑으로 굴러간 실뭉치가 있었다 실마리를 잡고 실실 당기니 더 어둔 곳으로 들어가버렸다 그따위 누구도 눈길을 주지 않았다 구석이 더 따뜻했을까 그 아이도 무심 가운데 나간 게 틀림없다

　가출이 비로소 가출을 돌아보게 한다 목소리가 떠난 말이 침묵은 아니지만 돌아오기엔 먼 시간이 흘렀다 왜 그렇게 들어주지 않았을까 본질은 늘 사후에 발견된다 미안하다 홀대했던 과거여

　잘 있으니 찾지 말라고 기다리지 말라고, 마루 밑의 털실뭉치를 밖으로 나오게 한 건 고양이 발길질이다 아이는 이 엄동 잘 지내고 있을까 집구석 달라진 것 없는데 고양이 발을 기다려도 좋을까

펭귄들

여름 저녁 9시,
강변 둔치에 펭귄들이 모여든다
자박자박 모여든다
녹음기도 없고 에어로빅 강사도 없이
마침내 서로 마주보고 둥글게 모여
누군가 작게 구령을 붙인다
중년을 훌쩍 지난 체조 시간
체형도 뭉개지고 남녀유별도 지운 무리가 있다
팔다리가 조금씩 짧아진 그들의 율동
느리게 움직이다가도
미끄러운지 자주 동작을 놓친다
극지에 내몰린 펭귄의 집단
소박하고 헐거운 관절들은
추운 생의 벌판에서 아둔하게 팔다리를 흔들어온
내 어미와 아비의 순한 체형 아니겠느냐
머리와 다리를 다 내어주고, 다 뜯어먹히고도
몸통을 극진히 보존한 것은
생애 끝까지 비축한 염려와 간섭의 지방질일 것이다
마는,
남극의 빙하도 점점 녹아내리고
슬림하게 가는 신식 세상
구닥다리 통주머니 뭐 대단한 소용이냐고
핫 둘, 핫 둘

동색끼리 그 사이즈를 줄여보자는 것 아니겠느냐   —

조등(弔燈)

〈정사〉라는 영화가 있었다
동생의 애인이나
혹은 친구의 애인
모든 애인은 꽃이었고
다른 애인이었고

창가 사루비아꽃에
온몸이 들어가 빠져나오지 못한 꿀벌
날개 파르르 떨더니 이내
볼펜으로 건드려도 무덤덤하다

저 살던 자리를 죽는 자리로 이었으니
한 우주가 죽음을 빨갛게 덮어주었구나
미리 조등을 걸었구나
달콤했던 때 없지 않았으니
기막히게 좋을 때 죽고 싶다고 말한 사람도 있다

그 잠시
해 지는 줄 모르고
너무 멀리 차지하려다 돌아오지 못한 보폭이 있지
가랑이가 찢어진들 지는 해를 쫓겠는가

꽃 아닌 애인 있나

애인 아니었던 한때 있나
붉은 치마 속에 코를 묻은 단잠
흔들지 마라 그 길 고요히,

동파

바깥 수도가 얼어터졌다
참았던 말,
들어주지 않으니 손목을 그었다
혹한을 흘러내린 흰 피, 빙판이 되었으니
너무 오래 혼자 두었구나
울다 끈을 놓았구나
발목을 덮는 두께
차디찬 통곡이었을 것이다
그 위에 누워본다
등딱지가 얼음을 알 때까지 너는
용서하지 마라
차고 투명한 부적(符籍)

효험은 몸의 고난을 지나신다

풍경

다섯 시간을 달려와 20분 동안 감상하라니
이 풍경들을 다 어쩌냐 어쩌냐,
연신 셔터를 누르지만

풍경을 어떻게 가져간단 말인가

누가 아무리 우겨도 같은 풍경은 없고
이미 풍경은 너무 많으니
우리 풍경으로 남지 않기를

또 옮기나보다
내가 머물지 않는데 나에게 무엇이 머물겠는지
다섯 시간을 건너와 20분을 만나거나, 전생을 건너와 파
란을 맞는대도
우리가 만나는 건 순간일 뿐

오래지 않아서
가져갈 수 없어서
얼마나 다행인지

스쳐가고 오는 동안
처음이고 나중인 풍경
너, 아니었는지

공중 무덤

부석사 오르는 길
노랗게 물든 은행나무
둘레가 광배 두른 듯 환하다
비현실적이다
우리 사는 동네 그리 어두웠는지
사람들 되새떼처럼 우루루
나무 아래 노랗게 꽃힌다

불 켠 나무 아래 들어간 일행들
둥그렇게 서거나 앉게 하고
카메라 셔터를 눌렀다
천마총 내부 같은
한 컷
한순간이 공중에서 순장되었다

그 환한 무덤
잠시 높이 날아간 웃음들, 왁자한 몸짓들
가방이나 선글라스 그리고 챙모자가
그대로 한 덩이 차가운 돌처럼
부석(浮石)처럼
무량수전이 된

너무 환해서 그 내부는 고열,

너무 환해서 그 뒤는 적막,

관광버스

세 사람 건너면 내게 마이크가 올 차례다
단풍 진 바깥에 눈을 주고 있어도
귀는 노랫가락에 딸려간다
무량수전, 부석, 선묘, 닫집……
이런 단어 몇 개
가랑잎처럼 따라오다
남행열차와 소양강에 휩쓸려가버린다
사뭇 교양적이다가도 돌아가는 길에서는
약속한 듯 모두 급해진다
금방 일치가 된다
생은 늘 뒤에서 덜미를 낚아채니
못 이긴 척 질펀하게 풀어야 할지

차창 밖 멀리 웅크린 산등성이
몇 번 넘고 싶었다
넘어야 할 이유는 많았다, 저 능선들
저녁밥 굶고 모로 누운 가족 등허리 같아
슬쩍 커튼을 가린다
다시 생의 마지막을 소진하듯
헐거운 나이가 허용하는 고성과 방가
외로웠구나, 궂었구나,
돌아보면 어여쁜 것들 천지에서
오늘 함께 젖어보는 거

가로수 아래 흥건히 떨어지는 단풍잎들도
소진한 것 아니냐
중얼거리는데
어둠처럼 빚쟁이처럼 덜컥,
코앞에 마이크가 도착했다

분교

사루비아에 단물 고일 틈이 없었는지
꽃술을 빨아보니 텅 비었다
덜어낸 자궁,
비가 다녀갔을까
아이들도 단물처럼 그렇게 조금씩 빠져나갔나보다

빈집 귀틀 사루비아꽃마다 찾아다녔을 비
이웃 사람들 운동장을 몇 바퀴 돌다 나갈 뿐
선잠 자고 떠난 이부자리처럼
멀건 구름이 몇 장
희미한 연혁처럼 붙어 있었다

분교, 가까스로 남은 종가 한 채
얼굴 흰 종손(宗孫)이 이리저리 거닐며
구름으로 아이를 그리다가
꽃밭을 뭉개보다가
노역이라
다 두고 저도 떠날까 무미하게 꿈꾸기도 하는,

사루비아 단물은 누가 다 빨아먹었을까

발

케이블 TV 수신료를 내지 않았더니
어느 날 누군가 화면을 다 그어놓았다
발 틈으로
어른어른 비치는 얼굴, 동작 들이
컴퓨터 단층촬영하는 것 같다
애써 이어보지만 사이사이
밀린 수신료는 완강하게 버티고 있다
기막힌 심리전이다
하얗게 지우는 것보다 더 가혹한 건
저렇게 보일 듯 보여주지 않는 건지도 모른다
보여주지 않으면서 아이 목소리만 보내는 유괴범은
그 목소리 썰어놓으며
누구에게 수신료 독촉을 하는 걸까
얼굴 없는 공포가 모자챙 아래 있다
지하선로만큼 복잡한 지상의 시커먼 손들이
이었다 끊었다 하는 음모들
보여준다고 다 보는 것도 아닌데
국숫발 대발 치며
때리는 사람이 더 아프다 아프다 한다

대구선(線),

동촌 사람들은 철길 건너야 집에 닿는다
올 초에 없어진 대구선을 아직
굳게 디디며 집으로 간다

시끄러운 소리도 오래 앉히니 한몸이었는데
몸이 된,
긴 뼈마디를 누군가 거두어간 뒤에

누우면 사지가 천근 긴 철로가 되기도 했다
시시비비
아직 어김없이 기차 소리 듣는다는 사람들은 귀가 솔지만
묵지근한 환청도 이미 생활이다

가타부타, 대신에 대구선 안녕하다 말해보는 것

동촌 사람들 길 건널 때
아직 뒤꿈치를 들어올리고
자전거 탄 이는
자신도 모르게 엉덩이를 살짝 들기도 한다

파계사에서 생각이

기와불사, 기와불사 한 장 1만 원
1만 원짜리 기와에 써놓은 주소와 이름 위에
제비 똥이 먼저 앉아 있다 하얗게,

1만 원의 지붕을 이고 무량청정 그 법문이 벌써 들리기라
도 하는 듯

웃는 돼지머리가 상등품이라 입가를 쭉 당겨 찔러넣은 꼬
챙이나
등산길, 도토리나무를 사정없이 두들기는 막대기가
나의 기와불사이다

만당은 무릇 무주공산이어서 공산은 또한 주인 잃은 만
당이어서

날렵한 지붕을 떠받치기 전,
부끄러운 주소와 이름을 제비가 슬쩍 가려준 것일까

3부

꽃피는 날 전화를 하겠다고 했지요

꽃피는 날 전화를 하겠다고 했지요
꽃피는 날은 여러 날인데 어느 날의 꽃이 가장 꽃다운지
헤아리다가
어영부영 놓치고 말았어요
산수유 피면 산수유 놓치고
나비꽃 피면 나비꽃 놓치고

꼭 그날을 마련하려다 풍선을 놓치고 햇볕을 놓치고
아,
전화를 하기도 전에 덜컥 당신이 세상을 뜨셨지요

모든 꽃이 다 피어나서 나를 때렸어요

죄송해요
꼭 그날이란 게 어디 있겠어요
그냥 전화를 하면 그날인 것을요
꽃은 순간 절정도 순간 우리 목숨 그런 것인데

차일피일, 내 생이 이 모양으로 흘러온 것 아니겠어요

그날이란 사실 있지도 않은 날이라는 듯
부음은 당신이 먼저 하신 전화인지도 모르겠어요

그렇게 당신이 이미 꽃이라
당신 떠나시던 날이 꽃피는 날이란 걸 나만 몰랐어요

웃지 마세요 당신,

오랜만에 산책이나 하자고 어머니를 이끌었어요
언젠가 써야 할 사진을 찍어두기 위해서였죠
팔짱을 끼며 과장되게 떠들기도 했지만
이 길을 또 얼마나 걷게 될지

사진관에 들어섰을 때
어르신 한 분이 사진을 찍고 계셨어요
어머니가 급격히 어두워졌어요

나도 저렇게 하는 거냐

이게 요즘 유행이라며
평소에 미리 찍어두는 게 좋다며
나도 젊을 때 찍어둬야겠다며
쫑알대는 내 소리에는 눈도 맞추지 않으시더니

사진사가 검은 보자기를 뒤집어쓰자
우물우물 급히 말씀하셨어요

나 웃으까?

그 표정 쓸쓸하고 복잡해서 아무 말 못했어요

돌아오는 길은 멀고 울퉁불퉁했고

웃지 마세요
그래요 웃지 마세요 당신,

선물

어떤 나라에 '눈사람 택배'라는 게 있다 하네요
눈이 내리지 않는 남쪽 지방으로
북쪽 지방 눈사람을 특수포장해 보낸다 해요

선물도 그쯤 되면 신비 아닌지요
받을 때 눈부시지만 녹아 스스로 자랑을 지우니
애초에 부담마저 덜어줄 걸 헤아렸겠지요

다시 돌아간다면 그리 살고 싶네요
언젠가 녹을 것을 짐작하면서도
왜 손가락을 걸었던지요

그때 그 반지, 눈사람 속에 넣겠어요

동그라미 두 개가 허공을 품었다 놓아준 것처럼
지우는 법을 가르쳐준
눈사람

그런 선물이라면

그런 아득함이라면

11월

왜 점점 사람이 없어지는 걸까 저 겨울나무가 상실한 것
은 없다 당신이 안 보이는 곳으로 갔을 뿐,

사라진 왕국

감각은 어떤 순서로 몸을 나가는지
신경이 죽어가는 어떤 환자를 깨우려
의사가 환자의 젖꼭지를 비틀 때,

때때로 너무 세게 비틀어
젖꼭지가 떨어져나가기도 한다

그렇게 되도록 무얼 했을까

다 떨어져나가도록 우리는,

꽃나무의 미열

한 줄 문틈을 그은 불빛이 빗장 같아
불 켜진 아이 방 앞에 서서
늦은 시각을 벌컥 열지 못하겠다

자주 먼 곳을 향하는 아이를 훔쳐볼 때
슬그머니 끼이던 낯선 공기
백합나무도 제가 피운 꽃등은 못 보겠지
내가 짚어볼 수 없는 저 아이의 미열은
이제 나무의 것일까

아버지가 그립지만 같이 있고 싶단 뜻은 아니에요
그건 내 말이었다

꽃들이 언제 피어야 할지 가지에게 물은 적 없듯이
저 아이의 새벽, 스탠드 불빛은
쓸쓸한 먼길일지 모른다

언제 무슨 일 있었냐는 듯 방문 열고 나오는 아침이 있고
그러면 나는 또 짐짓 이마를 짚으며
음, 음, 날씨 얘기나 꺼낼지도 모른다

예의

그날따라 정신없이 웃었어요 그러다가 문득
이래도 되는지
옆을 돌아보았어요

예의가 아니었나요
예의는 지나치면 안 되는 것이라 하고
너무 가두어도 어긋나는 것이라 하니

예의는 예의를 말할 수 없는 거겠어요

아무도 웃지 않을 때 웃는 건
그야말로 예의가 아니겠죠
하필 그날, 왜 옆에 있던 대형 유리가 깨졌던 걸까요

미안해요 너무 크게 웃어서

슬픈 다른 사람 생각을 못해서

파편들은 극명하게 아픔을 말해주었어요
웃음은 그렇게 하는 게 아니라는 듯

아마 그날,
우리는 웃지 않아야 할 때 크게 웃었던 거지요

웃다가 끝내 울었던 거지요

아직도 숨바꼭질하는 꿈을 꾼다

이대로 깜빡 해가 질 텐데
누가 나 좀 생각해주면 안 되겠니

너무 꼭꼭 숨어버려 너희는 나를 잊은 채 새로 놀이를 시
작했겠지만
시간이 지나면 나갈 수 없잖아
벗겨놓은 바나나가 시꺼멓게 변할 텐데

적당히 들켜줄걸 그랬어
들켜주고 즐거울걸 그랬어

그렇기도 해
너무 꼭꼭 숨는 건 숨바꼭질이 아니지

놀이는 또 다음으로 넘어가고 있는데

선생님은 수업이 시작될 때까지 나를 호명하지 않았
고…… 내 차례는 더이상 오지 않았어요*

어서 가서 감자 넣은 갈치조림을 먹고 싶어
붉은 매운 양념을 먹고 싶어

포도나무가 어두워지기 전에,

* 발터 벤야민, 『베를린의 어린 시절』

봉봉 한라봉

모든 당신은 슬프다, 라고 쓰고 나니 그 당신들이 주렁주렁 열린다
내가 만난 당신들 한라봉처럼 배꼽이 나왔다 배꼽 때문에 웃다가 결국 배꼽 때문에 울었다

어떤 날은 눈이 퉁퉁 부어서 나갈 수 없었는데 생감자를 썰어 붙여도 부은 눈은 가라앉지 않았다
주전자 꼭지를 닮은 배꼽, 툭 튀어나왔으므로 툭하면 아팠다

누가 어떻게 볼까를 왜,

배꼽이 내장한 고감도의 전류, 건드리기도 전에 비명이 나오는 건 이미 닿아본 때문이겠지만
저마다 아파 다른 아픔도 아파
아픈 자리에선 나비가 꽃이 도마뱀이 나오곤 했다

나도 힘이 든다고 말하려다 만다
동족끼리 아플 때는 서로 어떻게 부비나

게이가 게이를 알아보듯 내 배꼽이 당신을 알아본 건데

모든 당신은 슬프다, 라고 쓰고 나니 정말 슬픈 일은 여

기까지 무사히 배꼽도 없이, 아픔도 모를 당신과 당신일 것 ⎯
이어서

변두리

신호등은 이제 점멸신호로 바뀌었다
그냥 알아서 해도 좋다는 시간인 것이다
종일 꽉 쥐고 있던 마음을 내려놓는다

이제 당신이 하고 싶은 걸 해봐,
하고 싶은 거……

신호등 두 눈은
가라는 건지 마라는 건지 애매하게 말하던 사람 같은데
누가 뭐라든 긍정과 부정 사이에서
제 생을 점멸하는 거 아닌가

길가 쑥부쟁이들도 깜, 빡,
불빛에 불려나왔다 들어가고

저 시간이 더 길었다면
우리가 그걸 할 수 있었을까?

변두리의 밤은 아득하고 쓸쓸하기만 한데

청송 사과

  전화로 주문을 했더니 그 남자는 먹기엔 그냥 괜찮다며 흠 있는 사과를 보내주었다
  흠, 흠, 내 흠을 어떻게 알고서

  어제오늘 이미 여러 차례 떨어진 내 하관은 바닥이니 거리에 떠다니는 삼엄한 얼굴은 또 무슨 생각들을 놓친 낙과냐
  비나 번개를 안아
  저 흠들은 자신의 몸으로 모서리를 삼킨 거지
  말도 못하고 심중에 울음을 넣은 거지
  그렇게 견딘 시간은 울퉁불퉁 붙고 아물어

  과도의 끝이 닿자 이제야 길었던 통점이 떠나가고
  뭐, 큰일이나 날 것 같았던 당신의 법도 잘려나가고

  자른 채 잘려나간 채 그냥 묻어 살기에 괜찮으니 도리어 면면하니
  흠 있는 존재, 단물까지 나는 이 서사의 사랑스러움을 견딜 수 없으니

들어내다

인테리어 기본 요건은
자리를 바꾸고 요소를 덧대는 게 아니라
들어내는 것이라고,
더 좋은 관계를 바란다면 관계에서 나와야 할까
그렇다고 고라니처럼 고속도로로 뛰어들어선 안 된다

분갈이 하는 아저씨는 흙을 더 채우는 게 아니라
뿌리에 있던 흙을 털어내고 있었다 숨쉬게 한다고 했다

언니가 없으면 독방을 차지할 거라 기대했지만
나 먼저 들어낼 줄은 나도 몰랐듯이

들어내도 나가지 않는 게 있고
다 알면서 들어낼 수 없는 것도 있다

고라니가 잘못 뛰어든 곳은 고라니가 들어낸 길이었을까
들어내지 못한 길이었을까

나의 고전주의

그 당시 새로운 여자들이 그곳에 있었어요
다방 마담은 왜 한복을 입을까 궁금했지요
아무것도 고전적이지 않은 곳에서

그녀가 놓아주던 쌍화차에서 남자 냄새가 났어요
나는 차를 한 모금도 마시지 못했어요

그녀의 화려함 속에는 그녀만 아는 생활이 있었겠지만
동동 뜬 노른자는 그녀가 낳은 알 같았어요
우리는 어느 알에서 태어나
태어나자마자 다시 뜨거운 물속에 쏙 들어간 걸까요

아버지들은 지키는 것만 가르쳐주었지 사용하는 건 가르
쳐주지 않았어요
그건 지킬 수 있는 방식이 아니었겠죠

그녀 자꾸 옷을 바꾸었는데
자신도 바뀌어갔을까요

요즘도 어쩌다 여자들이 입은 한복을 보면
사각사각 소리나는 움직임을 보면
과장된 폭이 궁금해요
어쩌나요 설핏 먼 그녀 생각이 나는걸요

현관문 나서다가

현관문을 나서다가 나는 다시 돌아오지요 돌아와선 왜 왔
는지 잊어버려 다시 나가요 나가다가 생각하니 그게 시계
였어요 시계를 찾기 위해 내가 뒤지는 곳은 시계가 없는 곳
이죠

당신과 헤어지기 위해 만나는 것처럼 시계를 찾다가 시간
을 잃어버리는 일, 시간을 찾다가 손목을 잃어버리는 일, 새
롭지도 않아요 오늘은 약국에 들러야 하는데 증세가 생각
나지 않아요

하얀 알약을 보면 왜 죽음이 떠오르는지요 편도염을 낫게
하는 알약을 한꺼번에 털어넣은 아랫방 언니가 있었거든요
그녀는 무얼 잊고 싶었던 걸까요

시계는 찾지 못하고 시간은 멎었어요 우린 평생 없는 걸
찾아다니겠지만, 찾아야 할 건 이미 옆에 있었다고 누군가
말하지만, 그런데도 그건 영원히 없는 것이죠

깜빡깜빡 잊으므로 여기 또 깜빡깜빡 살아요 현관을 나서
다 나를 잃어버리고 빨래통에 벗어놓은 나를 뒤집어쓰고 나
아닌 내가 다시 나가요 나가다 생각하니,

어느 날 라디오에서

어느 날 라디오에서 유명 작곡가들의 미완성작을 모아 틀어주고 있었다 생이나 죽음도 결국 미완이지만 어느 날 나 죽은 뒤 혹 누군가가 노트 뒤지고 컴퓨터 찾아내어 누추한 일기나 메모를 공개한다면, 혼외 자식 튀어나온 듯 화려한 시시비비가 벚꽃으로 터진다면

인기 검색어 1위, 저런 벼랑에선 발끝을 내밀어야 한다 추락의 직전을 보아야 한다 포즈만 요란했던 고백, 바닥도 치지 못한 이력으로 썼다 노래했다 말했으니 부끄러워라, 나라고도 나 아니라고도 할 것이 없는 이 삶은 개업 식당 앞에서 우스꽝스럽게 건들거리는 광고 풍선이겠다

날아간 나뭇잎은 나무의 것이 아니다 나 죽은 뒤, 희미해진 노트 구석에서 어쩌다 울음 자국 보이거나 미안하다 반성한다 말 있다면, 그래도 용서하지 마라 이미 나는 치워졌는데 보송보송 말라버렸는데 오면 안 된다 간간이 덧창을 닫을 때, 낯익은 공기에 잠시 어떤 이 눈을 가늘게 뜨기도 하겠지만 이미 나를 떠난 것들

제가 더 놀란다

비유법

방과후 날마다 비유법을 가르쳐주시던 선생님이 계셨다
는 어느 시인의 말처럼
그때엔 방과후가 있었고
비유법을 밥처럼 먹던 시절 있었다

비유는 하나로 여럿을 사는 일이야

노을이 철철 흘러 뜨거워서 닫아거는 저녁
우리는 서쪽 강당에 앉아 흰 단어들을 널었다
나뭇가지에 서늘한 시간이 척척 걸리곤 했다

그 놀이를 도시락처럼 까먹는 동안
놀이 끝에 쏴한 기운이 배어나고 있었다

이런 게 슬픔이야,
난 슬픔을 알아,

그 찬란에 눈이 베이며 살며 또 견디며

그런데 그때 선생님들은 다 어디 갔을까
비유법을 모르는 추운 꽃밭, 죽어가는 나무, 무서운 옥
상 들

뭐 이런 시절이 다 있어
이건 비유가 아닌데 방과후가 아닌데

제 생이 통째 비유인 걸 모르는 채

혼자 난간을 미는
붉은 해

선글라스

쌍꺼풀 수술에 실패한 언니는 잘 때도 선글라스를 벗지
않아
침대 모서리에 네 번이나 걸려 넘어졌다
그때부터 그녀에게는 색깔이 따로 없었다

벚꽃놀이 왔는데 왜 벚꽃이 없어?

우리는 색깔 없는 세상을 함께 보았다

형부는 무뚝뚝해져갔고
부추겼던 사람도 구석이 되어 있었고

이렇게 무채색으로 그리면 다 수묵화가 될까, 라는 중얼
거림이
선글라스를 끼면 세상이 회복될까, 라는 말과 비슷하기
도 했으니까

무엇보다 저를 보는 일이 가장 무서웠을
그래서 죽자고 벗지 못하는
검은 안경은,

락스 한 방울

꽃꽂이하는 사람이 말해주었다 꽃을 더 오래 보려면 꽃병
에 락스 한 방울 떨어뜨리면 된다고…… 아무리 해도 그거
너무 폭력적이지 않나 싶으면서 그 말 왜 솔깃해지는지 머
뭇거리다가 한 방울 꽃병에 떨어뜨렸다 거짓말처럼 뒷자리
가 말끔해졌다 저러자면 누군가는 또 얼마나 참아야 했을
까 너무 똑 떨어지는 이치에는 어딘지 사기치는 냄새가 난
다 후각을 마비시키며 이룬 거사들, 달콤하게 던져준 당근
들, 한 방울 떨어뜨려 애써 제자리를 확보하는 동안 꽃병 속
꽃은 어땠을까 락스 한 방울…… 이 세계에서는 나를 더 연
장하지 않기로 한다

불안도 꽃

누가 알고 있었을까
불안이 꽃을 피운다는 걸

처음으로 붉은 피 가랑이에 흐를 때
조마조마 자리마다
꽃이 피었던 걸

사랑을 하고
아이를 낳고
또 몸이 마르고
밤마다 어둠을 고쳐 보는 동안
불안은 피고 있었네

불안은 불안을 이해했을까
그 속에 오래 있으면
때때로 고요에 닿는다는 걸
그건 허공이니까
두드리면 북소리 나는 공명통이니까

불안으로 불안을 넘기도 하는 것처럼
꽃은 그것을 알아보았고 그것은 꽃을 도왔으니

수많은 당신이 불안이었던 걸

이제 말해도 될까

흔들리면서
일어나면서

불안도 꽃인 것을

해설

러블리 규리씨

박상수(시인, 문학평론가)

퉁퉁 부은 눈에 생감자를

자, 여기 두 명의 친구가 있어요. 내가 무엇을 하든 모든 것을 응원하고 무조건적으로 믿어주는 친구와 옳은 소리를 잘해서 내 허물을 객관적으로 지적하고 더 나은 길을 안내해주는 친구. 만약 친구 한 명을 선택할 수 있다면 당신은 누구를 고를 건가요? 앞의 친구는 고맙기 짝이 없지만 어쩐지 너무 착하기만 해서 때로 정말 나를 위해서 고민하는 사람인지 의문스럽기도 하죠. 모든 사람에게 관성적으로 덕담을 건네는 것 아닐까? 뒤의 친구는 어떨까요. 우리는 분명 어떻게 해야 옳다는 걸 뻔히 알면서도 말도 안 되는 작은 거짓으로 위로를 받고 싶어합니다. 그럴 때 두번째 친구는, 내 잘못을 지적할 게 뻔하니까 피하고 싶은 마음이 들기도 해요. 미안. 친구들. 꼭 골라야 합니까? 네, 저는 욕심이 많아서 이 두 친구를 모두 갖고 싶은데요. 아, 그런 사람도 있겠군요. 둘 모두를 지니고 있는 친구. 상황에 따라 적절하게 응원도, 싫은 소리도 할 줄 아는 친구. 그렇게 완벽한 친구가 있을까요. 욕심이 너무 많지 않은가요? 그래요. 정말 세상에 없을 것 같은 친구. 나 자신이 누군가에게 어떤 친구인지 곰곰이 생각해보면 더더욱…… 아아.

그래도 좋은 친구를 포기하지 못하는 사람에게 여기, 새로운 친구를 소개합니다. 당신 옆에서, 당신의 목소리를 들어주고, 고개를 끄덕여주지만 한 번도 어떻게 살라고 말해주지는 않는 친구. 퉁퉁 부은 내 눈을 어찌 알고 자기도 퉁퉁 부어서는, 생감자를 갈아서 자기 눈에도 바르고 내 눈에도 발라줄 것 같은 친구. 쉽사리 "다 잘될 거야"라고 말해주지 않는 친구. 그저 "저마다 아파. 다른 아픔도 아파"(「봉봉한라봉」)라고 말해주는 친구. "들어내도 나가지 않는 게 있고/ 다 알면서 들어낼 수 없는 것도 있다"(「들어내다」)고 말해주는 친구. 쉽게 어쩌지 못하는 삶에 대해 담담하게 알려주는 친구. 그렇게 별말 없이 반나절을 같이 있어주는 친구. 소개할게요. 러블리 규리씨. 제가 먼저 알고 있는 친구. 이제 여러분도 만나실 수 있어요.

멀리 못 가서 미안해요, 바슐라르 할아버지

"시인은 언제나 철학자보다 더 암시적인 편일 것이다. 시인은 바로 암시적일 권리를 가지고 있는 것이다. 그리하여 암시에 속하는 역동성을 따라 독자는 더 멀리, 너무 멀리 갈 수 있게 된다"(『공간의 시학』, 175쪽)는 바슐라르의 말은 언제나 '몽상'의 이미지가 만들어내는 아득함과 아득함이 꿈꾸게 하는 다른 세상을 떠올리게 합니다. 역동적인 여행이 끝났을 때 우리는 꿈과 현실의 간극을 재며 삶을 조금 바꿔보면 어떨까 생각하게 되겠지요. 먼 곳을 보고 왔다는 긍지는 활력으로 남아 현실의 중력을 탄력적으로 거스르는 발걸

음을 내딛게도 하더라구요. 물론 깊은 절망과 고통의 체험
도 있지요. 고통으로 우리를 멀리 데려간 작품은 세계와 우
리 안의 질병을 비로소 알아채도록 강제합니다. 병의 심연
을 들여다보면서 심연이 바로 '나'이며 '인간'이며 '세계'라
는 것을 인정하게 되면 상처는 비로소 상처로 드러나고 우
리는 시간과 새롭게 관계를 맺는 법을 배우는 것 같아요. 아
프지만 일상은 더욱 선명해집니다. 관성적 삶의 규칙들은
고통과 절망을 통과하면서 바닥부터 부서졌다가 재조립되
구요. 물론 삶이 그렇게 쉽게 바뀌지는 않겠지요. 그저 한결
정돈된 안색으로 세상을 마주보게 되는 것, 정도랄까요? 하
지만 이런 기회를 더 많이 마련한다는 이유로 '더 멀리, 너
무 멀리 간다'는 것은 언제나 많은 예술가들을 사로잡았던
것 같아요. 독자들도 마찬가지이구요.

　그렇다면 먼 곳에 대한 몽상 없이 언어를 다루는 것도 가
능할까요? 당연히 가능하겠지만 가능하다는 이유만으로 기
쁨을 주지는 못한다는 것, 잘 알아요. 오히려 그 길은 몽상
이 없어서 더욱 힘든 길이 되고는 하지요. 아래쪽에는 파탄
날 정도로 정신과 육체의 아픔을 형상화하는 시가 있을 텐
데 몽상과 파탄, 모두와 거리를 두는 것, 생각보다 쉽지 않
지요. 전락의 가능성을 초연하게 받아들이면서도 초월 없는
삶을 이해하고, 주어진 삶의 한계를 그 누구보다 명석하게
수긍하면서 그 안의 존재와 나날을 담담하게 셈해나가야 하
니까요. 차라리 아프거나 꿈을 꾸는 게 낫지, 이렇게 세심

하게 삶과 '직면'해야 한다는 것. 그건 정말 어려운 일이지요. 전 그렇게 생각해요. '초월'만큼이나 '직면' 역시 힘들다구요. 어느 순간에는 '담담한 직면'이야말로 가장 어려운 일이 되기도 하지요.

삶을 그 누구보다 순연히 인정하면서 지상의 존재들이 빚어내는 작은 목소리들에 응답하는 일. 이규리의 세번째 시집은 그런 시집이에요. 진실을 알고 있지만 쉽사리 절망하지도, 쉽사리 초월하지도 않으면서 사려 깊은 담담함으로 일상의 가치를 수긍하는 사람의 사랑스러운 음색으로 가득차 있는 시집. 이런. 말해버렸네요. 사랑스러움. 결국에는 이 사랑스러움에 대해 말하고 싶은 것인데, 그걸 위해서는 우선 그녀의 시가 보여주는 세계관을 먼저 짚고 넘어가야 할 것 같아요. 이규리는 언제나 우리의 손을 잡은 채로 '아득히 먼 곳으로 가자'고 이끄는 것이 아니라 '먼 곳의 꿈이 정말 그렇게 진실한 거니?'라고 묻거나 '먼 곳의 꿈이 정말 너를 살게 하니?'라고 물으며 우리의 눈을 들여다보거든요. 그렇게 우리의 내면으로 부드럽게 다가오기에 그래요.

　도망가면서 도마뱀은 먼저 꼬리를 자르지요
　아무렇지도 않게
　몸이 몸을 버리지요

　잘려나간 꼬리는 얼마간 움직이면서

몸통이 달아날 수 있도록
포식자의 시선을 유인한다 하네요

최선은 그런 것이에요

외롭다는 말도 아무때나 쓰면 안 되겠어요

그렇다 해서
특별한 일이 일어나지는 않아요

어느 때, 어느 곳이나
꼬리라도 잡고 싶은 사람들 있겠지만
꼬리를 잡고 싶은 건 아니겠지요

와중에도 어딘가 아래쪽에선

제 외로움을 지킨 이들이 있어
아침을 만나는 거라고 봐요
　　　　　　　　　—「특별한 일」 전문

「특별한 일」이라는 시, 좋지요. 별 어려운 말도 없이, 어려운 비유도 없이, 삶을 돌아보게 하는 시랍니다. 시가 진행되면서 연 사이에 인식의 도약이 이루어지고, '도마뱀의 잘린 꼬리'라는 평범한 사건이 전혀 다른 차원으로 확장되어 시를 읽는 재미를 줄 뿐 아니라, 이규리가 지닌 삶의 태도를 적절하게 보여주기도 합니다.

도마뱀의 잘린 꼬리가 일으키는 자율반사가 몸통을 지키기 위한 최선임을 이해하는 데에 어려움은 없지요. 하지만 "외롭다는 말도 아무때나 쓰면 안 되겠어요"라는 자기고백적 제안이 돌연 4연에서 이어질 때, 이 시는 특별한 차원의 연상으로 변환되는 것 같아요. 일상에서 우리가 흔히 하는 '외롭다'는 고백이 혹시 최선을 다해 살지 않는 사람들의 자기기만적인 한탄은 아닌지 되묻는 구절이랄까요. '외롭다'는 말은 '그립다'는 말의 유의어이면서 '빨리 와서 나를 좀 사랑해줘'라는 말의 수줍은 번역어이기도 하잖아요. 그러나 속을 들여다보면 자존심을 다치지 않으면서 누군가를 간절하게 자기 것으로 만들려는 자기애적인 주문이기도 하구요. 조금 더 세게 말하자면 힘을 덜 들이고 무언가를 얻으려는 앙살스러운 말이니 '최선'이라 부르기는 어렵기도 하겠지요. 이런 여러 가지 생각이 '도마뱀 꼬리의 알레고리'와 "최선은 그런 것이에요"라는 말을 거쳐 "외롭다는 말도 아무때나 쓰면 안 되겠어요"라는 문장 안에서 동시다발 찾아오니 힘이 세지요, 이 구절들. 실은 냉철하고 매운 풍자가 가능한 이런 지점에서도 이규리는 언어를 다독이면서 온화하고 속깊은 성찰을 부드러운 화법 안에 담아 시를 이끌어가요.

특히나 이다음에 "그렇다 해서/ 특별한 일이 일어나지는 않아요"라고 덧붙이는데 이 대목의 이런 규정은 묘하게 감정을 다독이는 사려 깊은 문장 아닌가요. 뭐랄까요. 외로움을 부정하는 것도 아니고, 비난하는 것도 아닌, 외로움은 외로움대로 보존하면서도, 그 말이 가진 초월적 기능을 제어하고, 관계의 양상을 성찰하면서도, 막연한 몽상으로 우리를 달뜨게 하지 않고, 오히려 지금 살고 있는 우리 앞의 현장으로 시선을 돌려놓는 것이니 이 과정의 속깊고 태연한 전환이 놀랍다는 것이에요. 또한 그녀가 "제 외로움을 지킨 이들이 있어/ 아침을 만나는 거라고 봐요"라고 이 시를 맺을 때, 외로움을 견디자는 주문은 강권이 아니라 부드러운 의견 표명에 가까워서 듣는 이에게 담백한 수긍을 불러오기도 하거든요. 하지만! 물론! 선택은 우리의 몫이지요. 그녀는 '특별할 것 없는 삶'에 대한 이해로 우리를 넌지시 인도했을 뿐이니까요. 동시에 오늘 맞이한 이 "아침"의 감각적 즐거움으로, 처음의 속깊은 성찰이 개방된다고 할까요.

'외로움이 너를 먼 곳으로 이끌 거야'가 아니라 '너의 외로움이 정말 그렇게 진실한 거니?'라고 묻는 목소리. '외로움이 정말 너를 특별하게 살게 하니?'라고 묻는 목소리. '이 아침은 너의 외로움, 그걸 포기하지 않았다는 이유 때문에 이토록 신선한 게 아닐까'라고 묻는 거죠. 이렇게 현실적인 달콤함도 있을까요. 외로움을 특별하게 취급하지 않는 방식으로, 이렇게 특별한 아침을 맞이하게 만드는 마법이 또 있을까요? 바슐라르 할아버지. 젊었을 때부터 할아버지였을 것 같은 할아버지. 미안해요. 멀리 못 가서. 규리씨와 우리는 발 디딘 이 땅에 계속 살면서 아침을 맞이하려고 합니다.

아버지가 그립지만 같이 있고 싶은 건 아니니까요

이규리의 이런 세계관을 '담담한 유물론'이라고 부를까요. 아니, '담담한 현실주의'라고 하면 어떨까요. 물론 이규리의 시는 누구보다 아픈 시임을 당신도 느꼈을 거예요. "7년간의 연애를 덮고 한 달 만에 시집간 이모는/ 그 7년을 어디에 넣어 갔을까/ 그런 때가 있는 것이다/ 아니라 아니라 못하고 발목이 빠져드는데도/ 저, 저, 하면서/ 아무 말도 아무 말도 할 수 없는 그런 때가/ 있는 것이다"(「저, 저, 하는 사이에」)라는 시는 어떤가요. 알면서도 아무 말 할 수 없는 순간이, 분명 우리에게도 있었잖아요. 또, "이대로 깜빡 해가 질 텐데/ 누가 나 좀 생각해주면 안 되겠니// 너무 꼭꼭 숨어버려 너희는 나를 잊은 채 새로 놀이를 시작했겠지만/ 시간이 지나면 나갈 수 없잖아/ 벗겨놓은 바나나가 시꺼멓게 변할 텐데// 적당히 들켜줄걸 그랬어/ 들켜주고 즐거울걸 그랬어// (…)// 포도나무가 어두워지기 전에"(「아직도 숨바꼭질하는 꿈을 꾼다」)와 같은 시 또한 조금이라도 삶의 외로움과 불가항력을 경험해본 사람이라면 고개를 끄덕이며 감탄하게

101

되는 그런 쓸쓸하고 아픈 시이지요. 포도나무가 어두워지기 전에 누가 나를 발견해주면 좋겠어. 누군가 나를, 나 이상으로 오래 생각해준다면…… 이 길을 더 따라가면 절망의 강이 나오겠죠. 하지만 이런 순간에도 스스로를 병적 과잉의 상태로 몰아가지 않으려는 지혜와 담담한 현실주의가 그녀의 시에는 있어요. 전략을 알고, 초월도 없이, 사태를 둘러싼 다양한 가능성을 포함하면서도 지금 눈앞의 사건과 사물과 인간과 형태 있는 모든 것들을 사려 깊게 감당하려는 태도. 아픔 안에서 유지되는 어떤 '품격'이라고 할까요. 모르긴 해도 아마 이런 태도는 꿈과 대의를 좇아 세상을 방황하는(그럴 수 있는) 남성적 주체보다는 나날의 소소한 일상을 책임지고 꾸려나가는 여성적 주체에게 가능한 태도가 아닐까 생각해봐요. "한 사람이 체면을 세우기 위해서는 그 체면에 손상되는 일을 누군가 맡아줄 사람이 있어야 한다. 우리에게서는 내내 어머니와 아내들이 그 천역을 감쪽같이 감당해주는 '보이지 않는 손'이었다"(황현산, 『밤이 선생이다』, 195쪽)는 말처럼, 이 일상 안에는, 이 소소함 안에는, 매 순간 내려야 하는 판단과, 판단을 내리기 위해 요구되는 현명함과 사려 깊음, 그 판단을 거쳐야만 유지되는 삶의 계속성과 감수해야 할 희생과 상처 들이 층층 결합되어 있습니다. 이 모든 걸 회피하지 않고 견뎌온 여성적 주체의 힘으로 우리 삶은 지속될 수 있었던 거니까요.

규리씨의 여성적 주체, 그녀가 보여주는 담담한 현실주의는 탁월한 면이 있어서 "젖고, 아프고,/ 결국 젖게 하는 사람은/ 한때 비를 가려주었던 사람이다/ 삶에 물기를 원했지만 이토록/ 많은 물은 아니었다"(「많은 물」)라고 말할 때나 "부석사 오르는 길/ 노랗게 물든 은행나무/ 둘레가 광배두른 듯 환하다/ 비현실적이다"(「공중 무덤」)라고 말할 때도, 더불어 돌아가신 아버지가 보고 싶을 때조차도 "아버지가 그립지만 같이 있고 싶단 뜻은 아니에요/ 그건 내 말이었다"(「꽃나무의 미열」)라고 말할 때에도 그녀의 내장된 균형감각을 자극해, 시를 과속하지 않게 하고, 과도한 비현실로 치닫지 않게 하며, 좋지 않은 서정시의 관습적인 감탄이나 초월지향을 절제하도록 만드는 것 같아요. '젖게 한 사람이 보고 싶다. 그러나 너무 많은 물은 아니다'라는 말이나 '은행잎이 광배를 두른 것 같다. 그런데 비현실적이다'라는 인식은 그야말로 이규리만의 '성찰적 현실주의'가 고스란히 드러나는 대목이지요. '아버지가 그립지만 같이 있고 싶지는 않다'는 말도 마찬가지예요. 전락도 초월도 두루 살피며 담담하게 현상과 겨루려는 목소리. 맞아요. 어떤 의미에서는 '겨룬다'는 말이 정확할 것 같은 이런 순간들. 사건을 직시하려는 분명한 태도. 실은 여기에서 더 나아가면 말도 안 되는 천방지축의 소녀 캐릭터가 등장할 수도 있겠지만 규리씨는 우리의 사려 깊은 친구이니까 그렇게 나아가지는 않아요. 그녀는 아직까지 사람을 믿고, 실체를 있는 그대로 보듬을 줄 아니까요.

대신 그녀의 말들 속에는 어쩐지 삶의 진실이 감춰져 있
으니 신기하지요. 왜 우리, 알고 있잖아요. 삶이란 게 대개
어느 한쪽으로 쉽게 정리되지 않는 중간지대가 많다는 걸.
'아버지가 그립다. 같이 있고 싶어'라고 자신 있게 말할 수
있는 사람도 있겠지만 '아버지가 그립기는 한데, 이게 같이
있고 싶다는 건가?'판단하기 쉽지 않을 때도 분명 있어요.
대전제(그립다는 건 같이 있고 싶다는 것)와 소전제(아버지
가 그리워), 그리고 결론(아버지가 그리우니 그와 같이 있고
싶어)이 다 하나의 인과로 이어지지는 않는다는 말이죠. 어
쩌면 분명 각 명제들이 균열되어 있음에도 우리는 관성적
으로 이 세 영역을 쉽게 이어버리고는 하는데, 여기에서 오
는 유혹과 쾌감이라는 것은 대단해서 우리도 모르는 사이
에 이런 고속도로를 따라 질주했다가 "이 모든 게 당신 탓
이야, 왜 나를 이렇게 만들었어"라고 스스로를 희생자나 상
처받은 사람의 자리에 위치시키기도 하지요. 비극적이게도.
　하지만 규리씨는 현실주의자이기에 사태를 직시하고, 설명
할 수 없는 딜레마를 인정하면서, 스스로를 반성하고, 동시에
우리 삶의 중간지대를 개방해줍니다. 심지어는 말이죠, 가스
통을 싣고 가는 트럭을 보면서도 "그 아슬한 불안들을 앞에
보면서// 덜그럭 뭐, 그냥/ 간다"(「뭐, 그냥 간다」)고 말할 정
도니까요. "뭐"라는 말이 이렇게 담담하면서도 현명한 말이
었나요? 기억의 망실로 해야 할 일을 깜빡깜빡 잊어버릴 때
조차 "깜빡깜빡 잊으므로 여기 또 깜빡깜빡 살아요"(「현관

문 나서다가」)라고 말할 때는 슬픔이 느껴지는 것이 분명하지만 동시에 규리씨의 지혜가 우리의 마음을 이토록 넉넉하게 만들어줍니다. 그래요. 우리 사는 동안 고통과 불안과 죽음에 대한 공포는 평생 사라지지 않을 거예요. 그저 점멸할 뿐이지요. 하지만 죽을 것 같은 때에도 우리는 어쩌면, 뭐 그냥 가거나, 또 깜빡거리면서 어떻게든 살아가기도 하니까요. 속깊은 당신과 더 친해지고 싶은 이유가 바로 여기에 있답니다. "신호등은 이제 점멸신호로 바뀌었다/ 그냥 알아서 해도 좋다는 시간인 것이다/ (…)// 이제 당신이 하고 싶은 걸 해봐,/ 하고 싶은 거…… // (…)// 저 시간이 더 길었다면/ 우리가 그걸 할 수 있었을까?"(「변두리」)라고 말하는 것. 이런 말을 규리씨가 아니라면 누가 해줄까요.

러블리 규리씨

돌이켜보면 많은 사람들이 이규리의 첫 시집 『앤디 워홀의 생각』(2004)에 등장했던 '아버지'를 주목한 바 있지요. 그런 의미에서 이규리 첫 시집은 아버지의 금지가 만들어낸 억압과 그 경계를 벗어나려는 여성적 역동성이 세련된 감각과 언어운용을 만나 맺은 결실이라고 할 수 있을 거예요. 하지만 심층에는 파괴적인 위반의 욕망이 가득한 시집이었는데, 이 첫 시집 이후 이규리는 자신을 성찰하면서 "나 자신

마저도 대상화하여 들여다보고 싶다. 나에게서 걸어나와 나와 나 아닌 모든 나를 보고 싶다"(「가짜는 유쾌하다」, 『현대시학』, 2004년 7월호, 292쪽)는 의지로 몸과 마음을 다해 이 삶을 먼저 살았던 것 같아요. 자신이 진짜라고 믿었던 것들을 전면적으로 반성하고 사물의 다양한 국면을 직시하면서요. 고마워요, 그렇게 살아주어서. 그리고 훨씬 가볍게 땅으로 내려와 삶의 다채로운 순간을 차곡차곡 기록한 『뒷모습』(2006)을 상재한 바 있지요. 이 시집에서부터 바로 "담담하고 담백한 화법"(김수이, 시집 해설)이 등장하지만, 여기에는 뭔가 '질긴 견딤'과 거기서 비롯된 '측은함'이 깔려 있었던 것 같아요. 그러니까 두번째 시집의 담담함에는 아직 남은 욕망과 미련, 그것들과의 싸움이 있었던 거죠. 그런 면에서 두번째 시집 이후 8년 만에 나온 이번 시집은 여전히 담백하지만 그 담백함이 일종의 독특한 미학이 될 정도로 완성되어가는 과정을 보여준다고 생각해요. 책임질 수 없는 것은 떠나보내고, 책임질 수 있는 것들의 범주 내에서 그것들을 최대한 감당하는 깊이 있는 담담함, 깊이 있는 현실주의라고 할까요. 물론 그녀는 이번 시집에서도 여전히 "그렇게 당신이 이미 꽃이라/ 당신 떠나시던 날이 꽃피는 날이란 걸 나만 몰랐어요"(「꽃피는 날 전화를 하겠다고 했지요」)와 같은 극진한 서정을 선보이기도 합니다. 그건 그대로 또 우리의 마음을 훈훈하게 덥히는 것인데, 이전보다는 뭐랄까요, 여유와 사려 깊음이 늘었으니 바로 여기서 전에 없던 이번 시집의 따뜻함이 더해진다는 것이지요.

　그날따라 정신없이 웃었어요 그러다가 문득
　이래도 되는지
　옆을 돌아보았어요

　예의가 아니었나요
　예의는 지나치면 안 되는 것이라 하고
　너무 가두어도 어긋나는 것이라 하니

　예의는 예의를 말할 수 없는 거겠어요

　아무도 웃지 않을 때 웃는 건
　그야말로 예의가 아니겠죠
　하필 그날, 왜 옆에 있던 대형 유리가 깨졌던 걸까요

　미안해요 너무 크게 웃어서

　슬픈 다른 사람 생각을 못해서
　　　　　　　　　　　　　　　　—「예의」 부분

　웃으면 끝까지 웃을 수도 있겠지만 만약 그랬다면 이 시
는 다른 시가 되었겠죠. 정신없이 웃다가 문득 웃음을 멈추

고 옆을 돌아보는 건 가장 규리씨다운 행동인 것 같아요. 그녀는 이렇게나 사려 깊은 사람인 것을. 자기 웃음조차 객관적 시선으로 되살피며 사태와 그 사태를 둘러싼 관계들을 전체 맥락에서 고려하는 게 규리씨의 윤리의식이지요. 처음의 격정은 '예의를 다해도 가짜고, 예의가 없어도 문제'라는 딜레마의 상황으로 전개되구요. 그런 의미에서 "예의는 예의를 말할 수 없는 거겠어요"라는 진술로 애초의 생각은 한번 더 도약하지만 이것 또한 우리 삶의 중간지대를 개방하는 진술이어서 마음에 쏙 들어오죠. 또 "거겠어요"라는 말투에는 자신도 완전히 믿을 수 없는 어떤 사실을 스스로에게 납득시키려는 작은 한숨과 토닥임과 다짐이 들어 있달까요. 대형 유리가 깨진 것은 자신과 아무런 관계 없는 우연이지만 그것조차 자신의 몫으로 감당하며 미안함을 느끼는 이런 화자의 모습이 오래 우리를 돌아보게 합니다. 세상의 슬픈 사람을 생각하지 못하고 혼자 웃었던 걸 미안해하는 마음이 바로 시인의 마음인 거겠죠. 이 선한 마음의 상태라니. 그런 의미에서 「펭귄 시각」도 좋아요.

펭귄의 천적은 바다표범이라는데,

바닷속 사정이 궁금한 펭귄들
서로 물에 먼저 들지 않으려
불룩하게 눈치만 살필 때

한 놈이 슬쩍 다른 놈을 민다
얼떨결에 무방비가 틱 미끄러져든다

그때 내가 그녀를 밀었을까
그녀는 밀렸다 생각했을까
시달리다보면 누굴 밀었다는 착각에 들고
정말 밀었다고 믿기에 이른다

펭귄의 뱃속엔 물결과 물결이
제 안엔 파도치는 밤과 낮이
천적의 천적으로 살아 있는 동안
남극의 빙하는 다 녹을까
그럴까

궁금하다
그때 빠져든 펭귄은 실족이었다 말을 했을까
                    —「펭귄 시각」 전문

　　누구 탓인지 정확히 규명할 수 없는 어떤 사건 때문에 상
처받은 누군가에게 뒤늦은 미안함을 전하는 듯한 이 시를,
저는 아이 재밌어, 이렇게 생각하며 읽었어요. 그냥 이렇게
만 말해두고 넘어갈까요? 그래도 좋을 것 같은데. 그건 그
대로 이 시를 간직하는 좋은 방법인 것 같은데 말이죠. 하

지만 우리의 대화를 위해 조금만 사족을 붙여보자면요, 바다표범에게 잡아먹히는 걸 피하기 위해 바다에 들어가지 않으려고 애쓰는 펭귄들의 모습은 무척 심각한 것인데도 벌써부터 웃음보를 터뜨리게 하지 않나요? 그런데 문득 한 녀석이 다른 녀석을 슬쩍 밀고 그 녀석이 미끄러져 바다로 빠져버립니다. 이채로운 건 이 엉뚱한 사태를 놓고 규리씨가 펼치는 3연의 생각들인데요, 살면서, 누군가에게 의도치 않게 상처를 줄 때가 있잖아요. 그때를 우리는 어떻게 정리할 수 있을까요? 분명 우리가 상처를 준 것인데도 기억은 우리를 보존하기 위해 제멋대로 그것을 왜곡하기도 하지요. 아냐, 내가 민 것이 아니라 오히려 그 사람이 날 밀어낸 거야. 이런 식으로 말이지요. 그러나 이규리의 시적 화자는 선하고 따뜻한 사람이니까, 혹시 나도 모르는 나의 어떤 행동이 그를 다치게 한 건 아닐까, 걱정하는 편에 있지요. 아무튼 이런 성찰은 서늘하달까요. 여러모로 삶을 깊이 들여다본 사람만이 쓸 수 있는 구절이겠지요. 이제 상황은 더 심각해질 것 같은 분위기인데 시가 그렇게 무겁게 나가지는 않아요.

4연은 참 신기하지요. 엉뚱하게 밀려들어간 펭귄은 제 천적인 바다표범에게 쉽게 잡아먹힐 줄 알았는데, 3연의 서늘한 성찰이 그런 전개를 연상케 하는데, 신기하면서도 이상해요. "펭귄의 뱃속엔 물결과 물결이/ 제 안엔 파도치는 밤과 낮이/ 천적의 천적으로 살아 있는 동안/ 남극의 빙하는 다 녹을까/ 그럴까"라는 상황으로 넘어가는 게 말이죠. 규리씨의 상상 안에서 이 펭귄은 물결을 타고, 파도를 거스르며, 천적인 바다표범을 유유자적 따돌리며 너무나 자유롭게 바닷속을 종횡무진하고 있는 것 아닌가요! 이런. 자꾸만 그런 그림이 그려지는 거예요. 그런 자유로운 유영으로, 천적의 천적으로 살아남으면서, 무수한 밤과 낮을 유영하는 거죠. 남극 빙하가 다 녹을 때까지! 이 상상은 너무 엉뚱하고도 재미있어서 머릿속에 한 편의 애니메이션으로 이어지지만, 그것을 충분히 허용하면서도, 규리씨는 "남극의 빙하는 다 녹을까/ 그럴까"라는 유보의 말투로 이 상상을 적절하게 제어합니다. 이 달콤하면서도 냉정한 현실주의자라니! 이어지는 문장에서 그녀가 "궁금하다/ 그때 빠져든 펭귄은 실족이었다 말을 했을까"라고 다시 혼잣말을 할 때, 상상은 어디까지나 상상으로 남으면서 기억의 왜곡을 환기시키고, 동시에 입을 툴툴거리면서 다시 뭍으로 돌아온 그 펭귄이 과연 뭐라고 말을 했을지 연상하게 만드는 겁니다.

글쎄요. 뭐라 했을까요. 상처받은 마음으로 "누가 나 밀었어?"라고 했을까요? 아님 "내 실수야"라고 자책했을까요? 그런데 말이죠, 중요한 게 과연 그런 걸까요? 오히려 우리가 놓친 것은 이 펭귄이 '다시 살아 돌아왔다는 것' 아닐까요? 그래요. 무방비로 툭 미끄러져들어간 이 펭귄은 "파도치는 밤과 낮"이라는 불가능한 시간을 겪은 뒤에 다시 살아 돌아온 겁니다. "펭귄은 실족이었다 말을 했을까"라는 문장의 주어와 술어부 사이에는 '살아 돌아와서'라는 말이 빠져 있는 것 같다는 것이지요.

저는 이게 기뻐요. 누구 잘못이냐가 아니라 그래도 펭귄이 살아 돌아왔다는 것. 물론 이것도 우리만의 너무 멀리 나아간 상상일 수 있지만(충분히 다른 해석도 가능하지요), 어쩐지 규리씨의 세계 안에서는 이런 상상이 충분히 가능할 것 같다는 것이지요. 이 펭귄은 "누가 민 것 같기도 하고 내가 실족한 것 같기도 하지만, 뭐, 어쨌든 바닷속은 너무 추웠다구!" 중얼거리면서 뒤뚱뒤뚱 친구들 사이로 걸어들어갈 것 같은 거예요. 담담한 펭귄씨. 그녀의 담담한 뒷모습. 다이빙 실력 좋았어요! 바로 이런 상상 때문에 마지막 문장의 엉뚱함은 여러모로 우리에게 안도와 즐거움을 주면서 이렇게 말해주는 것 같아요. "삶에서 불안이 깨끗하게 해소된 적은 한 번도 없답니다. 누가 밀었냐구요? 그걸 꼭 알아야 해요? 괜찮아요. 불안도 꽃이에요. 꽃을 안고, 뭐, 그렇게 사는 거 아닌가요?" 포기도, 자조도, 절망도, 미움도, 상처도 그대로 간직한 채, 조금 뒤뚱거리면서, 그렇게 말이지요.

당신 때문에 고마워요

규리씨는 이렇게 말한 적이 있어요. "음소 24자를 조합하여 어떻게 인간의 마음에 결을 만드는지, 그 작업이 엄청나서 무섭고 그 역할을 담당해야 하는 시인의 삶이 자칫 두렵

다는 생각이다."(「헛소리」, 『시안』, 2008년 여름호, 216쪽)
맞아요. 러블리 규리씨. 말은 쉽지만 그렇게 되기까지 얼마
나 오랜 시간이 필요했을까요. 사랑스럽고 담담한 현실주의
자가 되기 위해 얼마나 이 현실과 부딪치며 자신을 단련해
야 했을까요. 나날의 일상을 성실하게 감당하면서 말이지
요. 그 외롭고 오랜 시간을 생각하면 정말 무서워집니다. 마
루 밑의 실뭉치는 끄집어내려고 하면 할수록 더 깊이 들어
가버리는 것이니까요.(「가출」) 하지만 한 시인이 전부를 던
져 고심한 문장 하나가 누군가의 삶에 문제적 기미를 던져
줄 수 있다면, 어쩐지, 그것만으로도 괜찮다, 는 생각이 들
기도 하네요. 규리씨! 속깊고 담담한 사람. 사랑스럽고 상
큼한 사람. 지금까지 당신을 읽을 수 있어서 좋았습니다. 고
마워요. 당신이 옆에 있다면, 존재 자체만으로, 그 위로로,
우리는 또 살아가게 될 거예요. 삶과 거짓 없이 직면하면서
말이죠. "어떤 나라에 '눈사람 택배'라는 게 있다 하네요/ 눈
이 내리지 않는 남쪽 지방으로/ 북쪽 지방 눈사람을 특수포
장해 보낸다 해요// 선물도 그쯤 되면 신비 아닌지요/ 받을
때 눈부시지만 녹아 스스로 자랑을 지우니/ 애초에 부담마
저 덜어줄 걸 헤아렸겠지요// 다시 돌아간다면 그리 살고 싶
네요/ 언젠가 녹을 것을 짐작하면서도/ 왜 손가락을 걸었던
지요// (…)// 그런 선물이라면// 그런 아득함이라면"(「선
물」)이라는 구절처럼, 우리는 녹을 것을 알면서도 손가락을
걸고는 하지요. 그것이 우리의 마음을 아리게 하지만, 저는

끝까지 그렇게 생각하지는 않을래요. 당신의 시집이 우리에게 선물처럼 도착해서 이렇게 녹아 없어지지만, 여기엔 이런 것이 바로 삶이라는, 당신의 수긍과 지혜와 안부와 토닥임이 감추어져 있기 때문이죠. 얼마 전에 "시를 쓴다는 것은 자신 안의 심연 위로 훌쩍 뛰어오르는 것이다. 시인은 시를 쓰면서 심연을 잠재우고, 심연에게 자장가를 불러준다"(막스 피카르트, 『인간과 말』, 225쪽)는 문장을 읽은 적이 있어요. 당신을 만나고 난 뒤, 오늘은 그 문장을 이렇게 바꿔보고 싶네요. "시를 읽는다는 것은 자신 안의 심연 위로 훌쩍 뛰어오르는 것이다. 우리는 시를 읽으면서 심연을 잠재우고, 심연에게 자장가를 불러준다." 심연을 수긍하고 심연을 잠재우기 위해서라면, 우리에겐 규리씨가 있어요.

이규리 1955년 경북 문경에서 태어났다. 계명대학교 대학원 문예창작학과를 졸업했다. 1994년『현대시학』을 통해 등단했다. 시집으로 『앤디 워홀의 생각』『뒷모습』이 있다.

— 문학동네시인선 054
최선은 그런 것이에요
ⓒ 이규리 2014

— 1판 1쇄 2014년 5월 10일
1판 16쇄 2024년 4월 19일

지은이 | 이규리
책임편집 | 유성원
편집 | 김민정 강윤정
디자인 | 수류산방(樹流山房) 본문 디자인 | 유현아
저작권 | 박지영 형소진 최은진 서연주 오서영
마케팅 | 정민호 서지화 한민아 이민경 안남영 왕지경 정경주 김수인 김혜원
　　　　김하연 김예진
브랜딩 | 함유지 함근아 고보미 박민재 김희숙 박다솔 조다현 정승민 배진성
제작 | 강신은 김동욱 이순호
제작처 | 영신사

펴낸곳 | (주)문학동네
펴낸이 | 김소영
출판등록 | 1993년 10월 22일 제2003-000045호
주소 | 10881 경기도 파주시 회동길 210
전자우편 | editor@munhak.com
대표전화 | 031) 955-8888　팩스 | 031) 955-8855
문의전화 | 031) 955-2696(마케팅), 031) 955-2678(편집)
문학동네카페 | http://cafe.naver.com/mhdn
인스타그램 | @munhakdongne　트위터 | @munhakdongne
북클럽문학동네 | http://bookclubmunhak.com

ISBN 978-89-546-2480-0 03810

* 이 책의 판권은 지은이와 문학동네에 있습니다. 이 책 내용의 전부 또는 일부를 재사용
하려면 반드시 양측의 서면 동의를 받아야 합니다.

잘못된 책은 구입하신 서점에서 교환해드립니다.
기타 교환 문의: 031) 955-2661, 3580

www.munhak.com

문학동네